ちいさな赤いコモリウタ

MAR

文芸社

●ちいさな赤いコモリウタ●もくじ

★記憶のリズム★

★恋のリズム★

★記憶のリズム★

「大きな大きな宝物」

ちょっと一昔　アノコにあげた
ちょっと一言　添えたポストカード

しばらくの間　アノコの優しい
太陽みたいな素顔
雨雲に隠れん坊　していたから

僕も浮かなくて
夏裏腹　梅雨色気分

居ても立っても　ムズガユイ気分を
ずっと心の中に　抱えていた

「どうすればいいんだ？」

心の奥の風船　アノコで満杯
破裂しそうで　やりきれない
長い長い長いnight

気持ちのやり場に　まよった末に

気付いてみれば

葉書の上の　真っ白な道路

アノコへのメッセージ乗せて

走る走る　ボールペンバイク

長くなり過ぎず

軽くなり過ぎず

臭くなり過ぎず

恋心バレぬよう

何度も何度も

走り直すバイク

次の日こっそり　彼女待ち伏せて

ドキドキしながら　照れながら

「コレあげる」

ちょっと彼女　ビックリしつつ
添えたコトバ達　読み流した後で

まるい綺麗な瞳　さらにキラキラ
潤ませて　泣いていた

ドキドキしすぎて
バクバクしてた胸
撫でおろしたら
僕も密かに感涙

彼女すごく　喜んで笑った
僕もすごく　心晴れ渡った

彼女次の日　快晴だったよ
僕も同じく　快晴になった

蘇ったヒマワリは　最大級キュート！

あの日僕は 「光」を見た

心が笑わない　トンネルの道

耐え抜いた　その果てに

（前に歩こう）と　背中押す「光」

頼りない過去も

笑い飛ばせそうな　心強い「光」

曇った素顔の　その胸の奥に

「光」を注げるって　素敵だなって

迷っている人の

殺風景な空間に

一輪の花を

添えるように

真っ暗な洞窟に

ろうそくの火を

灯すように

そんなこと

僕に出来たら

素敵だなって

幸せだなって

あの日から

視界が　すごく澄んだ

後ろの景色が　幻だった様に

未来の空から

（楽しいよ!　楽しいよ!）

（明るいよ!　明るいよ!）

頼もしく僕を　手招きしている

そんな気がして

その時　僕は誓ったんだ

★光が導く方へ　真っ直ぐに　真っ直ぐに★

空と心と　過去と未来に

強く強く　誓ったんだ

カミサマは　結構イジワル

僕らにくれる　運命の贈り物

その箱の中身は　時々

心に痛切な　冷たい北風

だけど彼女ね

お別れの時　言ってくれた

『このポストカード　一生宝物だよ』

そして彼女は

教えてくれたよ

『空や海は　どこでも一緒だよ』

最後は逆に　慰められた

彼女　必死で笑ってた

僕も　何とか笑ってた

彼女ね

僕に何もあげてない

なんて言ってた

そんなこと　ちっともない

僕も　大きな大きな宝物もらったよ

それがないと

きっと何度も　投げ出してる……

それが今でも

生きてく力強い　ガソリンだよ

時々夢中過ぎて　真っ直ぐ過ぎて

空回りして　スタミナ浪費して

周りが見えなくなって

どこにいるのか　これでいいのか

解らなくなって

もがいて　もがいて　もがいて

自分が映る鏡　割ってしまいたい程

もがく事もあるけど

だけど

それがあるから……

それがあるから……

歩いてゆける……

歩いてゆける……

あのポストカードは

僕にとっても

タカラモノ……

タカラモノ……

心の暗闇に

光を注いでくれた

タカラモノ……

タカラモノ……

「西日の下で」

曇り模様の日曜日
ぼんやり見つめる
窓の向こうの世界

懐かしい面影乗せた
クジラの形の白い雲
ユラララルララ漂って

胸に忍び寄るのは
高校時代の帰り道
君と歩いた河川敷

夕焼けの魔法に
塗り染められて
広がる赤い空　流れる赤い川

互いの心も頬も
まんまと魔法に

掛けられたまま
芝草の上に創った
二つの「大」の字

この頃繰り返し
脳裏かけめぐる
アカネ色の記憶

長い旅に立つ前に
あの場所に大切な物を
置き忘れているようで

どうも胸収まらず
電車に飛び乗った

通り過ぎた時代悔いる訳でも
当然君を捜し出す為でもない
だけど何かが在りそうな気がした

望ましい未来がある方角を

心に示す羅針盤の様な物が

君と何度も歩いた町には

色んな匂いを含んだ風が

鳥の様に行き交っていた

またたく間に変わりゆく

それぞれの風にぼくは

絵筆で色を付けてみた

「これは　懐かしい茶色の風」

「これは　切ない紫色の風」

「これは　幼い水色の風」

・

・

「これは……君との恋の終幕の灰色の風」

だけど全てはもう
時と共に変わり果てた
記憶という不動の絵画

気付けば町は
切ない想い出
溢れる夕焼け

現在の町並みに
記憶の町並みを
ペタペタペタペタ
貼り合わせながら
家路辿っていた時

カラスの鳴く声
鼓膜をつついた
その拍子に
不意によぎった

ある冬の想い出

想い出の箱の中には

ぼくが捜していた物

ぼくが捜しにきた物

それはいつかの真冬の日

曇りがちだった君に

つづったメッセージ

君を笑わせたい一心で

夜を徹して書いた

百字余りのメッセージ

君は泣きながら笑った

隠れていた笑顔蘇った

君はその文面に驚いた

驚いた君にぼく驚いた

「色んな人に書いてあげなよ！」

「色んな人笑わせてあげなよ！」

君にあげたあのメッセージ

君が返してくれたその言葉

それこそ　ぼくが捜していた物

それこそ　ぼくが捜しにきた物

夢追うことばかりに夢中になって

忘れかけていた一番大切な気持ち

忘れてはいけないんだ

希望の光見つけ出した

あの日の純粋な気持ち

そして

一日の営みを終え

地平線の向こうに

沈みかけた太陽に

改めて夢を誓った

君が懐かしい西日の下で

「風の開いたページ」

夏模様も　恋模様も

歩行者も　自動車も

やたらと溢れ　風騒ぐ休日街

キャスケット　深くかぶり直し

ビルの肩からは

太陽が顔チラリ　それ見てニコリ

自転車またぎ　ペダル踏んだ

その瞬間

8月の風が　不意に開いた

記憶のアルバム

あなたを後ろに乗せ

海岸線駆けた　夏の日のページ

風の中を泳ぐ　長い黒髪

肩を持つ　白く細い指

フローラル薫る　華奢《きゃしゃ》な体

あなたを背に感じながら

現世の事は　道端に放り

時計の針も　願望で折り

あなたは　僕の心の肌

ひどくひどく　焦がしたよ

仕返しに　水鉄砲で

リップ撃った

不機嫌な太陽は　あなたの白肌

あつくあつく　焦がしてたね

かたき討ちに　水鉄砲で

でっかい太陽撃った

だけど　やっぱニュートン

引力にボロ負け

放った水ビーム

まんまと墜落

僕が水鉄砲で　降らした小雨は

真夏のヒカリに　きらめいていた

夕暮れ時の空に　紅い海

夕陽に染みた　あなたの横顔

美しすぎて　眩しすぎて

言葉にならず

今にも　胸の水ふうせん

切なさで　はち切れて

哀しみの水溢れそうにさせながら

甘い海に溺れてた

真夏の日々

忘れられなくて　栞《シオリ》挟んでた

いつもいつも　何度も何度も

会う度会う度　強く強く

潰れるほど　息止まるほど

両腕の中で　抱きしめたかった

だけど　あなたには

守るべき絆があって

引き裂く強さなんて

僕にはなかった

紅い時間は

いつも嫌だった

道が二つに

分かれる時だから

あなたは決まって

「バイバイ」

笑顔作って言うから

顔見れなかった　振り向けなかった

振り向いたら　喜びのシャボン玉

割れて溶けて　消えそうで

怖かったんだ　嫌だったんだ

『秋には絶対　お月見しよ』

ずっと楽しみに　心待ちにしてたよ

いつも心の空に　名月浮かべたよ

それなのに……　どうして……

天使の顔した　悪魔のツカイが

涼風と鈴虫の声と　引き替えに

真夏の海と　フローラルの微香を

噓のようにさらっていった

（時が流れ　今思うよ）

あなたは　あの秋の夜

家の窓から　中秋の名月

見ましたか？

きっと　あなたの方が　ずっと辛かったんだよね

あなたに見せた　夢気球の設計図

翔び立つ時は　近づいてきた

満月よりも　絶対素敵だよ

あなたの町にも

風に乗って

届けばいいなぁ

「水泡のデジャヴ」

水槽の底から

ブクブクッと浮かぶ

小さな水泡

生死の繰り返しを想わせるように

浮かんでは消えゆく

その一粒一粒に釣られ

一つ一つ脳裏に浮かぶ

過去の記憶のフィルム

一粒、二粒、三粒……

幼少期、少年期、思春期……

一粒一粒目で追いながら

歩いてきた軌跡をタドル

蘇る過去のシーンは

いつ見てもスローなモーション

「イツカ」も同じように数えた気がする

ふと記憶の引き出しの奥から浮かぶ

「イツカ」の夏のデジャヴ

どれくらい前の事か不確かだけど

あの日も確か蒸し暑かったなぁ

水泡のなかに

過去は映るんだけど

未来を映そうとすると

どうして霞《かす》む？

“みらい”は誰にも分からない

“みらい”は自分で創るもの

「現在《いま》」を重ねて創るもの

僕の未来

水泡のなかには

どんなシーンが浮かぶかな？

「アシアトの源」

時として　人は旅に赴く

旅模様はきっと　心模様のデッサン

風音　波音　草音

葉音　石音　靴音

音が並んで　命唄う

西陽の抱擁に　夕焼の介抱に

心切なく　頬伝う紫の雨

旅先で人は　日常の仮面を外す

僕は旅として　故郷に出向いた

過去との再会　拒んできた

その気持ちが　視界曇らせ

素直になれなくて

笑みも涙も　枯れ果て間際に

初めて素直に　寄り添えたよ

ふるさとの肩

やっと　うなずけたよ

この地は　この血の根源だと

そしたらね　少年時代の僕が

泣きながら足元に　駆け寄って来た

「ごめんよ。今まで。」

両腕ひろげ　受け止めて

そっと彼を　抱きしめた

自ら造ってた

過去への壁が

打ち解けた気がした

「回想録～イノチノアシアト～」

未だ知らぬ道を歩くのは楽しい

不安や淋しさなど
歩いていく上での苦しみは
どうしても拭《ぬぐ》いきれず
時々　爪を立てて襲い掛かってくるけど

それでもやっぱり
未だ見ぬ道を踏みしめるのは楽しい

新たに踏みしめた跡は
雨やら風やら
月日やら
自然の消しゴムに
そのうち消されていってしまうけど

胸の砂地に
彫りこまれ

脳の砂地に

刻みこまれ

ちゃんと残されていくから

1歩1歩……

1cm 1cm……

1秒1秒……

とまでは言えないけど

1つ1つのシーンとして

僕の中のフィルムに

刷りこまれ

右脳の片隅に

インプットされていくから

そして

未来の街角で

音楽や

香りや

写真や

光が

不意に五感を刺激して

VTR再生の

スイッチとなって

「回想録～イノチノアシアト～」の

1シーンとして

こころのスクリーンに

映写される日が

いつか来る

だからやっぱり

未だ知らぬ道を歩くのは楽しい

だからやっぱり

歩くことは

やめられない

真夏の空を舞う

花火を見上げながら

そんな独想にふけっていたら

虹色の大輪の中に

いつかのシーン

あれはいつのことだっけ？

汗水垂らして

あのコと走り抜けた夏だったっけ？

あれから幾つの四季を通過したのだろう？

妙に涙もろくなったもんだ

「青いカケラ」

高校の頃
いつも　同じ車両に　乗ってくる
あのコ　ばかり　気になって
他に何も　考えられなかった

あのコ　いつも
おしくらまんじゅう　つぶされ
助けてあげたかった

でも　できなくて
小テストの予習　してるフリして
チラチラ　バレないように　あのコ　見てた

だけど　しばらくして
あのコは　消えた
僕の目の　届かないとこ
雪のちらつく頃だった

車両変えてしまったかな

それともどこか　越してったかな

チラチラ見てたの　バレたかな

春になったら　気持ち伝える　ツモリだった

おなじサクラ　見る　ハズだった

それも今では戻れない青春のカケラ

「聞いてみんさい」

調子乗って　飲み過ぎて
釘が後頭部に　刺さった様な
日本酒特有の　二日酔いなら

今日は安静にしときんさい

だけど
気が乗るなら　近所をぶらり
歩いてみんさい

今日は母校で　秋の大運動会
走る少年の姿　踊る少女の姿
昔の自分を
重ねてみんさい

笑っていますか？　あの日の僕は？
騒いでいますか？　あの日の僕は？
昔の自分に

聞いてみんさい

思えばあれから　年月は流れたな
いつの間にやら　手の指だけじゃ
数え足りない程

笑っていますか？
曇っていますか？
どう見えますか？
現在の僕は？
昔の自分に
問うてみんさい

あの頃は
大世界に　見えたのに

色んなまちを　知ってみると
「街」じゃなく

「町」なんだね

切なくなる程　ちっぽけだな
このまちも
このぼくも

運動会は　赤組優勢！

カケッコで　ちいさな僕は
途中で転んで　べべだった

ヒザを赤く　すりむいても
ちいさな僕は　笑っていた

ちいさな僕の　ヒザを真似て
赤く夕焼けに　染まりゆく町

どんなオトナに　成っていくの？

ちいさな僕が

問うてきた

「どうじゃろね。」

(やれるだけ　やってみんさい)

ちいさな僕が　おおきな僕の

背中を押した……

「追いかける影」

昔から

ひとり遊びが

好きだった

学校帰り

午後のみち

ノラリクラリ

ノロマな寄り道

ノラ猫追いかけ

ノラ犬に追われ

バッタ追いかけ

蜜バチに追われ

スミレ

シロツメクサ

レンゲソウ

ちいさな体で

チロチロと

風に揺れる姿

鮮やか化粧の

花々よりも

愛してた

草たちは

風にミクロな

魂乗せて

テレパシーで

グチってた

気付かずに

踏ん付けられる

悲しい痛さを

ちょいと

オマセな僕は

近所の公園に

いつも居る

おねえさんに

恋してた

影絵遊びが

好きだった

足下から伸びる

自分のシルエット

踏ん付けようと

追い駆け

追い駆け

何が何でも

追い駆けて

それでも

踏めず

夢中に

なりすぎて

我失って

電柱ぶつかり

ショボけて

縮んだシルエット

でも気付けば

足下にシルエット

存在示すシルエット

そこに
大切な真実

どんな場面や
どんな場所の
どんな自分も
揺るぎない真実

今も昔も
認めないまま
自分探究しても

それは
夜明けのない
影絵遊び

過去の君と
現在の君に

誓いを告げたら

頬笑み散策の

ドライブに行こう

「記憶の河」

夏のハジメ
波のように
人が行き交う
蒸し暑い街角

群衆の中
懐かしい香りが
不意に鼻を
通過しました

どこかで
嗅いだこと
あるような
甘い…香り
淡い…香り

胸の奥が
ギュッと切ない

音を立て

眠った記憶を
グッと突然
呼び起こしました

それは
初めて知った
恋の香りと
同じ香りでした

何ページ前の
夏でしょう?

憧れて
焦がれて
夢中になった
夏の物語

その香りは

懐かしさと共に

悲しさも

連れてきました

辺り一面に

哀愁に満ちた

紺色の花が

咲き乱れました

悲しい涙で

幕が降り

ムリヤリに

封印してた

あの夏の恋に

初めての感情が

湧いてきました

会いに行きたい

ユラユラと
記憶の河を
さかのぼり

会いに行きたい

切ない気持ち
愛しい気持ち
飛び交ってた
あの夏の恋に

時が流れたら
忘れてしまうと
思ってたけど

どれだけ時が
流れたとしても
忘れることは
ないだろう

あの夏
自転車で
駆け抜けた
緑の川辺で

打ち上げたい
打ち上げたい

この夏は
素敵な出来事
有るように……
切ない祈り託し

夏のハジメの

流星花火☆

★恋のリズム★

「赤々とスモールワールド」

ぽんぽん　ぽんぽん

赤い雨……

ぽんぽん　ぽんぽん

傘叩き……

誰かの　悲哀の結晶か

せつない音　幾つも重ね……

傘肌撫でる

赤い雨……

赤い透明傘の　ビニィルを

カメラにして　瞳に映写する

赤い赤い

スモールワールドだ！

ぽんぽん　ぽんぽん

心にまで　降りそそぐ

赤い雨……

雨色の景色に

赤いカメラ　向けたなら

赤い魔法に　かけられて

道端の花壇に　咲き並ぶ花も

華麗な薔薇道に

暗いドンテンも

夕焼け空を　模写した様な

郷愁の美空に

この映像　万華鏡に映し　印刷して

ポスターにして　君にあげたい

「いれかわり蝿」

さっきまで胸の中を

ブンブン　ブンブン
ブンブン　ブンブン
ブンブン　ブンブン

煩《わずら》わしくブンブン　忙《せわ》しくブンブン
飛び廻っていた
「モドカシバエ」

ウザったくなって
ウイスキーのスプレー吹き撒《ま》いた

心の雨雲の隙間から
晴れマーク見えたけど
それもほんの一時の蜃気楼

「モドカシバエ」と入れ換えに

「サミシバエ」忍び込んだ

そんな結末解ってはいたんだけど
何故だろう？　今日はヒドクコドク
君の匂いのスプレーが欲しい……

「対極のBLUE」

空は青い

雲ひとつ無い

なのにどうして心は晴れない

空と心の色は

苦笑してしまうほど対極のBLUE

クレヨン右手に持って

空は水色に

心は群青色に

ツマラナイ妄想に　ため息ひとつ……

こんな日に

車の音にも消されないほど「好きだ」と叫べたら

どしゃぶり雨にも流されないほど君を締め付けられたら

どれだけこの空は笑うんだろう

「せーの！」って抱き合って　冷たい体　温めてあげられたら

「あ！」って天空指差し　偽って唇奪えたら

「時間よ止まれ！」なんて言いながら　永く繫がっていられたら

どれだけこの空は暖まるんだろう

どれだけこの胸は安らぐんだろう

君も仰向けになって

同じ空見て　同じこと想ってたりもするのかな

なんて胸昂《たかぶ》らせて落ち着かなくて

手持ち無沙汰《ぶさた》に煙草に火を点《つ》けるけど

こんな時の煙草ほど　不味《まず》いモノは無い

逆に虚しくなりそうで　灰皿で擦《す》り消し

気持ち抑えられなくて

気付けばケータイ握っていた

「花束～闇のオアシス～」

太陽は　地球の裏側へ

カラスは　西方の森へ

夕立は　隣の町へ

それぞれ三様　この街に背を向け

時が上空一帯　黒く塗り変えた

周囲漂う夏色の熱気　苛立ちながら

ふと思えば

桜降る街は　もう回想箱の中

あぁ少しため息　出そうなくらい

時は駆け足だね

星よ　厚い雲切り裂いて

光重ね合わせ　こんな夜こそ

光の花束を

君よ　互いの手を取って

心重ね合わせ　こんな夜こそ

至福の泉へ

暗い路地　埋め尽くそう

淡い色の花びら　バラまいて

漂わそうよ　甘い香り

笑い転げて　腹痛くなるまで

「情《こころ》の園」

情の園　生えた草花が

少し乾いて　悲しそうに

身を垂れているんです

(アナタへの　距離がすごく遠く思えて……)

情の園　飛び交う小鳥も

このところ少し　姿を現さずに

園も心なしか

顔を曇らせているんです

(熱い想いが　募れば募る程　その存在が

雪のように　溶けそうな　不安にかられ……)

情の園　ぶらつく猫も

気のせいかな　元気無くて

シッポの動きも

いつもより鈍く見えるんです

（アナタに夢中に　なればなる程

風船のように　手から離れて

行きそうで……　割れそうで……

消えてしまいそうで……）

やりきれない　この想いが

アナタに今　届くならば

すぐに　情の園　駆け寄って

飾り気のない　柔らかな水を

微笑みの花　咲き揺れるまで

ミネラル豊かな　潤わしい水を

水しぶき　あがるくらい

雨だと　見間違うくらい

果てしなく　溢れる水で

情の園で

朱色の夕陽に　映えた草花の

根に、葉に

茎に、幹に

水しぶきを

きっと　光が差して

虹の花　咲くでしょう

きっと　勢い余って

水の鳥が空に　翔ぶでしょう

情の園も

水々しく　蘇るでしょう

その水で

その水で

「情熱的アクセル」

感情的で感傷的なワタシは
理想的で絶大的なアナタを想うと
衝動的に恋のアクセル踏んじゃって
加速度的に疾走していったの

社交的で友好的なアナタは
付き合いが多くて
いつもいつもは私を見てくれない

でも振り向いてくれる時は
やっぱ嬉しくて
余計情熱的になってしまって
更に一方的に疾走しちゃって
一人攻撃的になっちゃって
時々虚しくなるの

客観的に慎重的にと人は言うけど
絶対的に本能的に愛しているんだもん

そんな冷静的にはなれないよ

ワタシは開放的で自然的な

触れ合いが好きなんだけど

アナタは官能的で刺激的な

愛を求めているようだね

だけどそれでもいいよ

恒久的に包んでくれるなら

アナタ居ない時

凍えてしまうくらい淋しくて辛い

アナタ居る時

狂おしくて辛い

どっちにしても辛い

結局アナタが居ないと

今のワタシ歩いていけない

アナタ目の前にすると
相変わらずアクセル
踏んじゃうだろうな

ワタシの加速は止められないよ
アナタがいる限り
それが根本的なワタシだから
それで避けられたらやり場がない
仕方ないのかな

どうせ絶望的になるんなら
致命的に燃え尽きてしまうほうがいい

論理的で形式的な愛は要らない
単純的でいいんだよ
ワタシは信じていくよ

フタリだけの無限的な世界で

記録的なキスしよう

「僕のNEWS」

フリョーサイケンに世は嘆く
デフレなジョーセイに世は嘆く
それはそうと
僕はライターが切れた
100円ライター買いに行こう

東の方では洪水ケーホウ出ているらしい
南の方では火事があったらしい
それはそうと
僕は君に会いたくなった
君を抱きしめたくなった
今すぐ抱きしめに行こう

夏の手のひらの中
自転車こいだ

早く会いたくて
会いたくて

“モドカシサ”

リンリンとベル鳴らし紛らした

呼吸みだし

鼓動荒らし

スピード緩めずタダまっしぐら

今僕は

ニュースも新聞も興味ない

君以外興味ない

この星空 君と見たい

今は

ただそれだけ

「カレイなくちづけ」

カエデの並木道を
吹き抜けていた　ぎこちない風

普段は職場で　慣れた間柄ゆえに
二人きりの街　戸惑ったムード

だけど
歩道橋の上　星空見上げ
長い栗色の毛　揺れる背は
女性そのものだった

職場では制服に　隠れて見えない
素顔の女らしさ

寂しげな肩に　胸が詰まって
そっと抱き寄せた

ギィギィきしむ胸　止められず

想い余って　突然交わした

初めてのKiss

カレーの味が　ほのかに混じっていた

カレイなDinner　二人で過ごした後だから

彼女も　拒む事なく

カレイなKissで　風に溶けた二人

カレイなKissは　二人の距離縮め

ぎこちない風は止み

無数の星屑の下には

優しい秋風

ごく自然に　流れていた

「オモチャの鉄砲」

百円の鉄砲　青いソラめがけ

ポリス真似て　太陽を撃った

「君に会える　夕陽の時間　近付けろ！」

雲一つ無い　青い×２ソラだ

百円の鉄砲　高層ビル狙い

狩人のフリして　想うまま撃った

「お前ら視界　邪魔して　海見えんよ！」

地平線隠す　高い×２ビルだ

百円で手にした　オモチャの鉄砲

そいつを使って　叶いようの無い

安っぽい妄想で　休日のサイクリング

おそらく君は

お気に入りの　赤いワンピースで

待ち合わせ場所に　来るんだろう

百円の鉄砲に溜め込んだ

会いたさを　一杯詰めて

パン！　パン！　パン！　……

赤い衣の　奥を狙い

何発も何発も　果て無く

乱射するんだ

僕は君の魅力に　撃たれた

「ハズム、リズム。」

（君に会える）

胸躍って　眠れぬ夜
多分君は　夢のなか

すこやか　夢およぐ
君を浮かべていると
そのうち僕も夢のなか

気が付けば　窓の外
朝陽輝く　金色の町

（君に会える）

久々だよ　こんなに
目覚めが　良いのも
朝焼けのコーヒーも

（君に会える！）

胸弾んで　朝時から
鳴らすよ　爽快な歌

星占いは　△だけど
関係ないさ

（君に会える！）

心が跳ねていく
このごろ　無い程に

僕と会う　時間まで
君の一日が輝くこと
青い美空に　願うよ

（君に会える！）

ハレても　アメでも

構わない

想像以上　予想以上

高ぶる胸

そうだ　今日

（君に会える……）

「最新ニュース」

君の最近　知っていたい

君の現状　知っていたい

君の悩み　君の喜び

知っていたい

できるだけ　できるだけ

君の心が　許す限り

君の日常生活の

最新ニュース　最新トピック

知っていたい

僕の最近　伝えたい

僕の現状　伝えたい

僕の中の

最新ニュース　最新トピック
君に一番に　伝えたい

できるだけ　できるだけ
話せる限り
君だから　伝えたい

できるなら
時が許す限り
僕の中の
最新ニュース　最新トピック
君と　いっぱい作り出したい

幾らでも　受け入れるよ
いつでも　遠慮なく
突撃インタビュー

「初恋風船物語」

下を向いていると　泣けてくるから……
景色も悲しい水で　濡れていくから……

あの人だらけ　心一色に染め
胸いっぱいで　眠れぬ夜重ね
周り見えず　ただ一直線に
追いかけた　君の初恋風船

溢れそうな想い　言葉に出来ず
本当の気持ち　伝えられなくて
モヤモヤな毎日に　疲れたでしょ
近付きたくても　近付かぬ風船
さわりたくても　さわれぬ風船

ため息も　増えたでしょ

その果てに
良くない結末を　爪に引っ掛けた

意地悪カラスの　クチバシの一撃

悲しい音立て

割れた　君の初恋風船

恋の苦い味　知っちゃったな

だけど　今日は雨だから

雨降りの中なら

いくら泣いても　バレないから

思うまま　泣きなよ

泣き尽くしたら

また晴天の下

割れない風船

探しに行こう

「君をモバイル」

妙に　らしくない

携帯が気になる

君から便り　届かないか

君から愛語　届かないか

君想うだけで

切なく胸ツマル　涙腺熱くユレル

らしくないよな？

君と会える　その時を

雨が　引き離すようで

両腕の世界に　君が居ない事

窓伝う雨のせいにする

猫みたいな君

携帯できたら

目がくらむ位に

僕らしさ　光るのに

「会いたいのに☆」

煙草買うため　小銭集めていた
10円玉25枚
だけど途中で　我に返ったよ
（ナニヲシテル？）
そんな事より……

珈琲買うため　販売機で迷った
3種類から1つ
だけど途中で　我に返ったよ
（ナニヲシテル？）
そんな事より……

曇り模様見て　しばらく考えていたよ
傘持とうか　持つまいか　どうしようか
だけど途中で　我に返ったよ
（ナニヲシテル？）

そんな事より……

君に会えたら

それだけでいいのに……

君を抱けたら

それだけでいいのに……

夏か？　秋か？　微妙な気温で

着て行く服　迷ったよ

だけど途中で　我に返ったよ

そんな事より……

そんな事より……

「空に　イノル　晴れ」

お気を付けて

濡れた階段　濡れた坂道

足を取られて

ケガしないよう

お気を付けて

雨に濡れない　ことばかりに

気を取られて

事故に遭わぬよう

気を付けてよ

慣れた家路も

油断せぬよう

君が事故って　抱きしめたり

出来なくなる　なんて悲しい

だからこの前　あげたお守り

いつでも胸に　いつでも無事に

晴れる頃には　歩きたいなぁ
水ひかる町を　手をつないで

雨がつくった　水溜まりの鏡
夕陽映して……
二人映して……
未来映して……
空にサンダル　蹴飛ばして
晴れ祈って……
星空祈って……
寄り添って……

明日は天気にしておくれ
明日も元気でいておくれ

「雪道の桜樹」

神様が指で時計の針　少しズラしたような
運命のイタズラが　キッカケになって
言葉や心を交わすようになった
そんな僕らだけど

不思議なモンだ

今では君の存在は
僕の生活のなかに
明るい明るい　光線放っている

僕の毎日のなかに
すっかり浸透しているから
ずっと昔から
知り合いだったような
そんな錯覚に捕らわれる程

だから人生面白い

なんとかなんとか

喜怒哀楽ゆたかな日々を

積み木の様に重ねていたら

時々そんな

雪道にサクラサクような

予想外のプレゼントを

神様は届けてくれる

それが

「もっともっと歩きたい」と

意欲をかき立てて

また前へ進むんだ

ガソリン切れ間際に　駆け込んだスタンド

まるで　そんな感覚で

「月見のらぶれたぁ」

いつもより夜空　澄んでいて

いつも以上にね　君が近いよ

出た！　出た！

まるい　まるい　お月様！

今夜は晴れて　仲秋の月見だ！

観て！　観て！　君よ！　今すぐお空を！

満月の中で

モチつくラビット

満月の美貌

惚れたよチョビット

だけど君よ！

満月も脱帽

君の魅力には

君よ！　君の眼は

満月より僕には

やさしい

君よ！　君の眼！

そうだ！　その眼！

その眼のビームに

射撃されている時　イツモくすぐったい……

君よ！　あげるよ！

少々弾けた気分で

月夜のらぶれたぁ

せつなさを紛らす為

月見たけど……

あぁ……まるで　逆効果……

「ちーぷなそんぐ」

水になぁれ♪　水になぁれ♪

僕だけの為♪

水になぁれ♪

ため息ばかり　吐いてる時に

君へ作詞作曲　たった四行の

水のハナ唄だ

水になぁれ♪　水になぁれ♪

腕のなかで♪

水になぁれ♪

ドロヌマに　なりそうな

惨めな僕の　濁った世界

すすぐ唄だ

空になぁれ♪

猫になぁれ♪

月になぁれ♪

何にでもなぁれ♪　何にでもなぁれ♪

とにかくいつも♪

僕の日常であれ♪

裸になろぉ♪　裸になろぉ♪

全部全部♪　さらけ出せ♪

全部全部♪　ぶつけ合え♪

すごぉく♪　チープな♪

唄だぞ♪

すごぉく♪　ラブリィな♪

唄だぞ♪

唄だぞ♪

「黄色い風船」

不意に少女が手放した
黄色い風船
「あっ！」と君は指差して
僕はポカンと口開けて
その軌道を目で追った

北風にサラワレ　上空にナガサレ
青色にスイコマレ　大きな口にノミコマレ
黄色い点になって
もう肉眼の限界……

「消えちゃったね……」って視線落とし
一層縮んだ肩に　胸が詰まって
思わず　引き寄せて抱き締めた
辺り構わず　静かに強く抱き締めた

あの風船はどこへ行くんだ？
僕らもこの先どこへ行くんだ？

風船の行く先にも　僕らの未来にも
「絶対」なんて「永遠」なんて
無いのかも知れないけど
それでも　二人だけの世界を
夢見て　僕らは二人三脚

君がそうしたいと想ってくれるんなら
体預けていいんだよ
静かに寄りかかってくれればいいんだよ
あんまり言葉は要らない
ずっと触れ合っているだけでいいじゃないか

指に結びつけた風船
いつまでも　しぼまずに
温かい風に揺られていたらいいのにな

「勝手にシナリオ」

君の身の回りで　繰り広げられる

日常のムゥヴィ

数々のキャストが　並んで織り成す

君のストォリィ

ボクは恐らく未だ

君の生活において

脇役にも　チョイ役にも

到底　及ばないだろう

ただ　交差点の人混み

信号待ちのエキストラ

だけど

知っているかい？

ボクは早くも

君が心に持つ
「優しさ」と「弱さ」
見抜いているんだ

スマイルの種　常に振りまく
その背中は　相当傷んでいる
カラスの爪に　引っ掻かれた様に

僕なら　成れる
支えに　成れる
心の底を照らす
光に　成れる

ウヌボレなんかじゃないさ！
今はただ　運命の風
すれ違っているだけ
勝手なシナリオだけど

いつか　きっと

メインに　成るんだ

星空の下

君のムゥヴィの中の

メインに　成るんだ

部屋の灯り　暗くしぼって

心に着たモン　全部　脱いで

触れ合おう　癒し合おう

君が望めば

僕の背中も　見せるから

心置きなく

心の扉　開放すればいい

心から　裸になればいい

君のストォリィが

もっと

栄えればいいな

「口元のIce　Cream」

その手を握りたくて
列車飛び乗った

ああ切なくて
胸の岸辺を　波が打つ
胸のつかえは　涙になる

君近い時　それは青空
胸が潤う

君遠い時　それは灰空
胸きしむ

時を超え　触れ合う為に
磁石のように　惹かれ合う

あいだの距離は　胸にイジワル
奥が焼けて　やたら痛い

もうすぐ列車は　君の町
車輪がレール　鳴らすだろう

いますぐ僕は　君のそば
口元についた　アイスクリーム
唇で　奪いにいく

すぐさま　君の腕取って
時の裏道へ　溶けゆこう

「時のないソラ」

僕にとって　煙草は
儚さ紛らすアイテム

君の隣じゃ　必要ない

また映画を観にゆこう
もう一度　とかじゃなく……

小さな頃から　一筋に捜して来た
『黄色い　四つ葉のクローバー』

（そんな奇跡みたいなもの　この星には……）

半ば諦めて
西陽の河川敷に　腰おろし
ため息　吐き捨てていた
そんな時に……

どうやら

その君の中に　察知したようだ

予期せぬ事態に　心戸惑って

夢のようで　信じられなくて

だけど　確かに君の中に

僕が捜し続けていたもの

映画の中に

入り込んだみたいで

落ち着かないけど

また会おうよ　時のすき間に

また歩こうよ　時のない道を

「Oh！ Mayonnaise！」

彼女の冷蔵庫には

いつも★マヨ★がない

彼女のレシピには

いつも★マヨ★がない

彼女の頼む品には

やっぱ★マヨ★がない

ハンバーグの隣の

★マヨ★付きサラダ

★ヤツ★のせいでね

フォークで除けられ

「嫌ッ」とののしられ

チーズピザの上の

★マヨ★付きサラミ

★ヤツ★のせいでね

二本指で摘ままれて

「ハイ」と僕の口の中

それは出逢った頃からさ

立派な彼女のステイタス

彼女にとって★マヨ★とは

恐らく害虫的なもの

彼女に嫌われ

邪魔者にされ

いつもノケ者

そんな★マヨ★

かわいそうなもんだ

僕は毎日毎晩

彼女の魔力に喰われてる

こっちも負けじと

熱くヒートアップ

ムサボリかっ喰らう

熱い熱い攻防戦

おかしいくらいに

彼女マミレになっている

ヤバイくらいに

彼女づくしになっている

だけど油断すると

★マヨ★なオチが待っている

★マヨ★な結末が待っている

嫌われないようにしなくちゃ

フォークでひょいと

除けられないようにしなくちゃ

だけど今は心配ない

僕の頭のレシピには

ドッサリドッサリ

彼女が入っているんだ

僕の日々の暮しには

タップリタップリ

彼女が溢れているんだ

「淡いコモリウタ」

君には聞こえる？
鳴り止まない　青い淋しさ
込めて創った　この青い唄

君には届く？
燃え止まない　赤い切なさ
込めて創った　この赤い唄

届けたい！
青い唄　赤い唄
その耳に！

届くかい？　聞こえるかい？
届くのならば
こっそり　そっと
枕元においでよ

切ない感情の唄

鳴り止まなくて
寝付けない僕に
やわらかい唇で
素敵な睡眠薬を

心地よく　夜が終る
甘い声の　子守唄を

やすらかに　眠れるまで
僕の耳もとで……

そんな夢の中で
静かに眠りたい

「濡れた赤い光」

ああ　赤い自転車

突然の夕立に　濡れているよ

ああ　赤い自転車

小悪魔的な雨に　濡らされているよ

あぁ

きっとペダルも　きっと荷カゴも

ぽつんと寂しげに　雨の中

あぁ　もう帰ろう

赤い自転車　待つ場所に

あぁ　だけど寂しい

独りの深夜が　僕を待っている

あぁ　また頼りなく

色のない夜に　飲まれていくよ

あぁ　ねぇ君

僕の自転車　ビショ濡れだ

あぁ　ねぇねぇ君

ハンカチ　貸してくれないかね？

ねぇねぇ

ほんとのところ　君も

僕の寝床に　うぇるかむ

ただ優しい匂いを

漂わせてくれるだけでいいんだ

あぁ

赤い傘の中

雨の冷たい道　一緒に歩こうよ

「傘の中は恋色世界」

天気予報を　笑いのけて
街を濡らす　雨空が緑に
透けて映る　ビニィル傘

傘の中は　狭いけど
肩と肩が　Kiss して
心安らぐ　恋色世界

傘の中でね　照れながら
君がくれた　貴石の言葉
奇跡と言えば　大袈裟だけど
オパールの如き　貴石の言葉

「何?　なんて?」
雨のせいにして　もう一度聞いた

一瞬の間だけ　耳をかすめて
風に溶けた……

輝く言葉

流れ☆みたい

儚いね　けど　光るね

君に小声で　返した言葉

雨音に負け　黒星★

輝く世界

流れ☆みたい

儚いね……

せめて　もう少し

ゆるりと　流れてほしい

「あおい　Face」

あおいランプ　せまい部屋照らす

あおく染まる　君のちいさな横顔

ああ

見とれていたよ

灯しぼった　薄暗闇の中

星空あおぐ　君のまぁるい瞳

ああ

見とれていたら

君の手から　不意に落ちた

あかい

ペットボトルの

あかい

アップルティー

あかい

ソファ濡らすまいと
手を出したけど

君のスペース　覆水盆に返らず
気まずい顔して　何度も君謝る

謝る君に　僕は申し訳なくて
僕のスペース　抱えて寄せた

驚き照れた　あかい君の頬
ごまかした　あおいランプ

あおく染まる　せまいスペース
二つのリップ
一つになった……

「ドキドキ伝染」

夏なのに　君は震えていたね

笑っている　その陰で

その鼓動は鳴り響いていたね

抱き締めた時　すぐに伝わった

もっと抱き締めた時

そのフルエ

そのドキドキ

ドクドクドクドク……………

ドキドキドキドキ……………

体と体が電気回路になって

ピリピリピリピリ………伝わって

頬と頬が摩擦して

ビリビリビリビリ………乗り移って

切なさと愛らしさが喧嘩して

ギシギシギシギシ………胸が痛んだ

その反動で　さらに強く抱き締めた時
君は全てを預けたね
その瞬間……　セカイが変わった……
空気が……　温度が……　イロを変えた……
愛の……　夢の……　トビラが開いた……
不安も……　悲壮も……　日々の辛さも……
天まで飛んで　壊れて消えた……
フルーティーで……　ミルキーで……　カラフルな……
ぬくもりや……　きらめきが……　ふたり包んで……
ヒトツになれた気がした………

その対極にある
「果て」を見ないように
ずっと君の胸に埋もれていたよ………

「花と月のパズル」

愛しき人への
花柄(愛情)と　月柄(哀愁)の
模様のパズル
空虚なはずの　胸敷き詰める

大好きなのに
気持ちと裏腹　今すぐ会えず
もどかしい風　心をいじめる

オリヒメ様と　ヒコボシ様に
きっと成れる　心浮いた発言
我ながら冷汗　顔赤らめる

飾り気のない　やさしい時間
時折安っぽい　冗句からめる

胸の奥広々と　広がっていた
悲しみの砂漠　そなたの声が

あっという間　優しく清める

そなたのお陰

悲しい過去も　振り返らずに

きっと進める

つよく歩める

どんなに

過去を嘆いても

変わらないと

弱気な心に訴え

強く戒める

「BODY ＝◎＝ SOAP」

雨に似た　影に似た

そんな僕がいた

ここ何日か

疲れた心も

汚れた体も

洗い流すことなく

その日その日を

ただやり過ごし

ベッドに深く埋まっていた

骨まで深く埋まっていた

だけど今日はすべて洗い流そう

甘い香りの入浴剤と

清い薫りのボディソープで

今日のむこう　明日のむこう

草むらの上

ただひたすら笑い転げる

花に似た　蝶に似た

そんな君がいる

その隣には

ただ君とはしゃぎ合う

太陽に似た　光に似た

そんな僕がいる

だから

今日のむこうへ　明日のむこうへ

信じ抜こう

歩き抜こう

踵《かかと》の音

木霊《こだま》させながら

「ガムとキス」

まんまるい　まんまるい
おれんじ味の風船ガムを
口の中に　ひょいと放り
上奥歯と下奥歯のあいだ
そこに舌を絡め
クチャクチャ噛んだら

口の中の小さな町に
夢いっぱいの
フラワーカーニバルが
にぎやかに騒ぎ出すよ
世にも楽しい　ひとときだ

いとしい　いとしい
甘い薫りの君の体を
腕の中に　ぐいっと抱き寄せ
やわらかい　やわらかい
紅く塗られたリップを

僕の上唇と下唇のあいだ

そっと重ね合わせ

入り込んだら

胸の奥の小さな部屋に

大きくて熱くて

花いっぱいの

フラワーカーニバルが

せつない程騒ぎ出すよ

世にも幸福な　ひとときだ

そこには

宇宙で一番

手放したくない

大切な宝物……

「不潤」

幾ら水飲んでも潤わない

湿度と暑さの狭間にある

無形のモドカシサ

幾ら躰交わらせても“1つ”には成れない

愛と欲の狭間にある

無情なモドカシサ

永遠の快楽なんて

どこを探っても見当たらない

ねぇ本当に僕を愛しているのなら

僕と君の狭間にある

モドカシサ

取っ払ってくれ

出来ないのなら

フタリ仲良く黄泉《よみ》の国

あそこにはあると人は言う

終わりを知らない快楽が

強く交じり合えば合う程

“果て”を知るのが怖くなる

ねぇお願いだ

そのまま僕の中から抜けないで

「真実の鏡」

鏡に映る像を僕は否定する。

と言うよりは

完全に肯定しないと言った方が良いかも知れない。

鏡に映る姿は決して100%の僕ではない。

写真に写る像を僕は否定する。

と言うよりは

完全に肯定できないと言った方が良いかも知れない。

写真に写る姿は必ずしも100%の僕ではない。

心から愛する君の瞳を

僕は真実の鏡だと肯定する。

と言うよりは

確信すると言った方が良いだろう。

君の瞳に映る僕は

どの瞬間よりも偽りなく"僕らしい"。

君の前では

ありのままで居られるんだ。

裸で居られるんだ。

余計な雑念も吹き飛ぶんだ。

だから

君の中に

永く　永く

居たいんだ。

「忘れな草」

君が部屋に忘れた

三日月型のシルバーピアス

たぶん二度と　取りに来ない

捨てるの　勿体ないし

キーホルダーにしよか

互いの素顔を　汚してた憂鬱

互いの寝顔で　癒し合った

梅雨時の幾夜

その幾夜だけ　街は

不思議と　妙に乾いていた

互いの素顔に　少し木漏れ日

蘇った頃には

真夏のニオイ　漂い始めていた

街角は夏唄で　溢れ始めていた

そして

二人の間には　幕が下りた

何とも何とも　極自然に

その夜は　豪雨だった

乾いた幾夜　嘘みたいに

だけど君！

「ピアス」と「カオリ」

置き忘れている

君の忘れ物で

夜が長い……

「アカネムシは恋の虫」

心に忍び寄り

賑やかに這い回る

アカネムシ

心乱し昂《たかぶ》らせ

虜にさせる

アカネムシ

見蕩《みと》れて

躊躇《ためら》いすぎると

誰かに獲《と》られてしまうよ

アカネムシ

夢心地に浸っていると

逃がしてしまうよ

アカネムシ

縛り過ぎず放し過ぎず

優し過ぎず厳し過ぎず

楽しげに翔《と》ばしてあげよう

愛の宇宙《そら》

疲れたら

羽根休めてあげよう

優しく強く抱き締めよう

「白いモヤ」

タバコの煙か
凍えた吐息か

宙で混じってしまって
モヤモヤになってしまって

どっちがどっちやら
見分けが付かない

そんなところかな
今の気持ち

僕の中の空を
モヤモヤ
ジワジワ
漂う空気の
実体は一体？

これは

恋なのか

ヒトメボレなのか

それにしても

恋多き　忙しき男だな……

あのコを想うと

胸の奥が

ギュウギュウと

キシんで痛くなる

それだけは確かなんだけどね……

「瑠璃色のため息」

秒針が時を刻むたび

無数のコナユキ

空から舞いおりて

時のアルジと　雪のアルジ

ふたり仲良く　手をつなぎ

道も　時も　白さを深めて

ウチの赤い屋根　トナリの青い屋根

ガレージの黄色い車　ハタケの黄みどり草

アスファルトの黒い道

そのカタワラに　肩並べて咲く

おれんじ　赤むらさき　えんじ　くりむぞん　多彩な花

無数のコナユキの　白魔術に

景色を創っていた　すべての色が奪われて

色の協奏の中に　囲まれて　生きていたことに気付く

今夜は　もっと　積もるかな
もっと　もっと　積もるかな
まだまだ　もっともっと　まっ白になるのかな

ねぇ君、その胸の奥のアスファルト、
不覚にも　深く深く積もらせた
悲壮模様の灰色のコナユキ

僕が　そっと触れていい？
口で　そっと風創って　吹き飛ばしてあげる
強引に　心の立入禁止ゾーンに　押し入るつもりはない
その苦しみ　言葉にすると　また辛いから
手で　さっと丸めて　窓の外に　投げ出せばいい
降りしきる雪と　一緒に　溶かせばいい
そして　冷たい街に　背を向けて
ウグイスが唄う　舞曲に合わせて　春色のワルツを踊ろう
その　肌寒い　コナユキの胸を
花模様に　変えてあげられると　確かに思うんだ

余計な　お世話かな？

空も　街も　見渡す視界は　すべて白く
そんな　白銀の世界に　瞳を委ねていたら
胸の奥が　キュッと　苦しくなった

ねぇ君、この胸のアスファルト、
切ない色のコナユキが
不覚にも　深く深く　積もっていく

腕の中に
瑠璃の花びらに似た
胸騒ぎのコナユキが
深く深く　積もってきて
何とも　切ない
何とも　何とも　やりきれない

今夜は　もっと　積もるかな

今夜は　きっと　会えるよね
今夜は　ずっと　居れるよね

僕らは　そっと
優しく　そっと　キスしよう

そしたら　そしたら

明日は　きっと
僕らと　セット
お空は　パッと　晴れるよね

「拝啓　恋のカウンセラー」

拝啓　恋のカウンセラー殿

この頃どうお過ごしですか。

夏色も濃くなって参りましたね。

この蒸し暑い情景のなか

このところ胸の中で「不安」のバイ菌が繁殖して増大してるんです。

心を蝕《むしば》んで蝕んで藍色に塗りたくるんです。

まだあのコへの愛情が免疫力になってくれています。

だけどこのバイ菌は思ったよりも手強くて

その免疫力さえもなくなってしまいそうで

自分が嫌になってきます。

あのコはドカンと打っても響かない。

いつも僕に歩幅を合わせてばかり。

それで良いのかもしれませんが

疲れて気持ちが滅入ってしまいます。

込み上げる感情を押し殺してしまえばいいのでしょうか。

もしそれで上手くおさまったとしても

それも恋と言えるのでしょうか。

それともいっそのこと

抜け出した方がいいのでしょうか。

こんな気持ちさえ彼女には届いてないのかとおもうと

霧ヒドク濃ゆく

風イタク冷たく

酒コドク不味く

夏の空も　秋の空

このままじゃ太陽さえも藍色に染められてしまいます。

どうすれば良いのでしょうか？

もう少しゆっくり考えてみます。

夏バテにはくれぐれもお気をつけ下さい。

ではまたお便りします。

「妬ける夕暮れ」

夕暮れの空
黒い二つのシルエット
息ピッタリ合わせて
足並そろえ二人三脚

鋭い爪で
赤い空引っかいて
飛び跡のアーチ　空に架ける

仲良く　お家へたどるのか
宵には　愛の光灯すのか

あぁ　黄昏
西陽に焼けた　アカネゾラ
君の笑う顔　ぼわんと　浮かび
ただ　切なくて　切なくて
ただただ　もうただ　切なくて
胸が焦がれる　瞳が濡れる

あぁ　誰《た》そ彼《がれ》

東京で観る　郷愁に染む　アカネゾラ

君の泣く顔が　ぼやんと　浮かび

ただ　会いたくて　会いたくて

ただただ　いますぐ　会いたくて

アカネゾラ　滲《にじ》んでゆく

あぁ　暮れ時

連れ合いカラス　目で追えば

軽く　ぽわんと　嫉妬しちゃって

あぁ　触れたくて　触れたくて

ただただ　妬いて　触れたくて

ますます　空は　妬けていく

ねぇ　遠き西方に居る君よ

君の唇から　零れ落ちる

熱くて　熱くて

この空の様に

ただ　やたらと　熱くて

甘くて　甘くて

リンゴの様に

ほんの　少し　すっぱくて

真っ赤な　真っ赤な　火の粉のような言動で

焦がして　溶かして

汚して　乱して

さぁ　壊して

どんな手段でも構わない

その瞬間から

妬けるレッド　▲▼　爽やかブルー

曇りがちグレー　▲▼　晴れやかイエロー

夜のブラック　▲▼　鮮やかレインボー

この　心を　激しく激しく　振り揺する

その　存在自体が　スイッチだ

「赤いコモリウタ」
海のように青い空が
苺のような赤い空に
きれいにお色直しして
その空の下では今日も
いろんなストーリィ
あらゆるドラマ
ママガラスは
コモリウタうたう
コガラスのため
オスゼミは
アイソウタうたう
メスゼミのため
ボクはトボトボあるく
赤い帰り道
記憶のパズル
かき集めながら

いつかのある日も
同じように赤い道あるく
少年がいた
(どうしてこの世に産まれてきたの?
何をしにボクは産まれてきたの?)
涙で濡れた夕陽につぶやいていた
時を越え 少年はオトナになった
今でも(すべては結局おとぎばなしか?)と
考えたりもするけど
だけど死んでしまうこと……
美しい夕陽が見られなくなること……
優しい声が聞けなくなること……
それは悲しいことだと悟った

アカイソラヨ
イトシイヒトビトへ
アカイコモリウタヲ
アイスルキミヨ
ネムレナイヨルニハ
ミミモトデ コモリウタヲ

僕の生涯に
関わる全ての
存在に
「ありがとう」を伝えたい

著者プロフィール

MAR（まー）

1979年9月8日、山口県岩国市生まれ。
子供の頃から“言葉”、主に歌の中の言葉、“うたことば”に強い興味と親しみを抱き、高校の頃から、自分で“ことば”を創りはじめ、次第に周囲からの強い反響を得るようになる。
現在は大阪市内に在住。
好きなアーティスト：桑田佳祐、桜井和寿、奥田民生

ちいさな赤いコモリウタ

2003年11月15日　初版第1刷発行

著　者　MAR
発行者　瓜谷 綱延
発行所　株式会社文芸社
〒160-0022　東京都新宿区新宿1－10－1
電話 03-5369-3060（編集）
03-5369-2299（販売）

印刷所　株式会社平河工業社

ISBN4-8355-6606-8 C0092